Keine Zeit für Kinderträume

Heidi Anders – Donner

Keine Zeit für Kinderträume

Die Geschichte eines kleinen Jungen,
der 1940 auf dem Rittergut in Wurschen
geboren wurde.

Informationsquellen:

Die Kämpfe um die Befreiung der Lausitz während der großen
Schlacht um Berlin 1945 von Jan Cyz – Ziesche
VEB Domowina Verlag Bautzen

www.napoleonstrasse1813.de
Örtlicher Verein von Wurschen

© 2011 Heidi Anders – Donner

Herstellung und Verlag: BoD - Books on Demand, Norderstedt
ISBN: 978-3-8423-5681-8

Inhalt

Der Rittergutsverwalter, Werner Fiebig, mit seinem
Sohn Hans-Joachim, 1941

Wurschen in Sachsen – 1940

Am 19.Oktober 1940 wurde ich auf dem Rittergut in Wurschen als erstes Kind von Werner und Margarete Fiebig geboren. Meine Eltern gaben mir den Namen Hans-Joachim. Ein Jahr später, am gleichen Tag, kam meine Schwester Ulla auf die Welt. Nun waren wir eine richtige Familie.

An Ereignisse früher Kindertage kann ich mich kaum erinnern. Das änderte sich jedoch mit meinem vierten Geburtstag, als ich jäh begann, die Welt um mich herum voller Neugier, mit wachen Augen zu beobachten.

Viele interessante, aber auch traurige Erlebnisse, bewegende Momente und Augenblicke der Angst sind bis zum heutigen Tag in meinem Gedächtnis haften geblieben. In späteren Jahren fügte meine Mutter den Geschehnissen von damals manches Detail hinzu, was mir in jener Zeit als Knirps entgangen war.

Auf dem Gutshof
Herbst 1944.

Ich erinnere mich noch gut an die Umgebung, in der ich aufgewachsen bin, an die Wohngebäude und das Gut, auf dem unsere Familie geraume Zeit lebte.

Mein Vater war der Rittergutsinspektor, der Verwalter des Grafen zu Solms von Sonnewalde. Mutter kümmerte sich um die Wirtschaft.

Meine Schwester und ich wurden von einem Kindermädchen liebevoll betreut.

In unserem Wohnhaus, das zum Gut gehörte, hatte Vater sein Büro. Auf dem großen Hof gab es einen Buddelkasten und eine hölzerne Bank, auf der wir oft saßen und alles gut beobachten konnten, die Gespanne und Wagen, die auf den Gutshof kamen, die Pferde, die getränkt wurden, den Ein- und Austrieb der Kühe, die Schweizer, die aus den Ställen mit der Karre den Mist auf den Haufen transportierten.

Dieser gewaltige Berg inmitten des Hofes hatte meine ganze Aufmerksamkeit geweckt.

Ich staunte über die Zugmaschinen und Traktoren, die so riesig waren. Nachdem ein Traktorist sie am frühen Morgen angestellt hatte, pepperten sie ohne Unterbrechung stundenlang, bop, bop, bop, bop, bop, vor sich hin; über Mittag neben der Werkstatt und abends an der Gaststätte. Die Traktoristen stellten sie erst am Ende eines Arbeitstages ab.

Beinahe alles, was auf dem Hof passierte, war interessant und aufregend. Überall hin hatte ich freien Zugang. Manchmal rannte ich dem Vater auf die Felder nach, wenn er dort den Arbeitern Aufträge erteilte. Es gab für mich nichts Schöneres, als bei Wind und Wetter draußen herumzuflitzen.

Vater war nicht nur der Verwalter auf dem großen Hof der gräflichen Familie. Er betreute zwei weitere, etwas kleinere Höfe, auf denen jeweils ein Vogt eingesetzt war. Die Traktoristen, Kutscher und Arbeitsleute hatten immer einen Vorsteher, der ihnen Aufträge des Verwalters überbrachte.

Besonders gern ging ich in die Schmiede. Die Männer dort waren meine besten Freunde. Ich durfte manchmal mit dem Hammer auf den Amboss schlagen oder den rauen Gesellen bei der Arbeit zusehen. Sie machten allerlei Späße mit mir, so dass ich oft mit öligen und rostigen Flecken auf der Kleidung nach Hause kam. Dennoch schimpfte meine Mutter mich nie aus.

Hin und wieder nahm sie uns Kinder mit, wenn sie hinter dem Haus zu tun hatte. Neben der großen Viehkoppel hinter dem Gut war eine kleine, abgegrenzte Fläche, die zum Bleichen der Wäsche diente. Auf dieser Wiese durften wir spielen und in der Sonne liegen.

Manchmal haben wir dort mit den Mägden ausgelassen herumgetollt.

Dabei war meine Schwester Ulla stets ein wenig zurückhaltender als ich.

Unsere Wohnung im Inspektorengebäude bot reichlich Platz für die Familie. Im Erdgeschoss befanden sich außer dem Büro des Vaters, eine Wirtschaftsküche, Vorratsräume und anderes Nebengelass.

Jeden Tag, zu festgesetzten Zeiten, fanden die Mägde und Knechte sich zum Essen in dieser Küche ein. Einige Bedienstete lebten mit ihren Familien im Dorf. Sie gingen zu den Mahlzeiten nach Hause. Alle anderen Beschäftigten wohnten auf dem Gutshof in verschiedenen Behausungen.

An manchen Tagen, an denen Vater zum Essen nicht da war, setzte sich Mutter mit uns zu den Mägden und Knechten. Hier war immer eine fröhliche Stimmung.

Ich hielt mich dort wegen der vielen Leute und dem großen Herd gerne auf.

Bei Anwesenheit unseres Vaters herrschten hingegen strenge Regeln. Dann mussten wir stets mit den Eltern in unserem separaten Esszimmer im Erdgeschoss speisen.

Unmittelbar neben diesem Raum war die Vorratskammer; die aus dicken Steinen gemauert war und eine gewölbeartige Decke hatte. Die anderen Wohnräume lagen im oberen Geschoss.

Zu den besonderen Räumlichkeiten zählte das Herrenzimmer mit seinem wertvollen Inventar. Es gab nur wenige Tage des Jahres, an denen es benutzt wurde, so auch zu Weihnachten. Niemand durfte ansonsten hinein, wo der Bücherschrank, ein Schreibtisch, ein runder Tisch mit Stühlen, eine Couch und Sessel standen und ein guter Teppich den Fußboden zierte.

Neben dem Herrenzimmer lag der Schlafraum unserer Eltern, von dem aus sie auf das Schloss blicken konnten. Am Ende des langen Flurs hatten wir Kinder unser Zimmer. Ich sehe immer noch die Gitterbetten, meine Schwester Ulla und mich auf den Nachttöpfen sitzend, vor mir.

In der kleinen Stube, die sich auf der anderen Seite des Flures befand, saßen wir am häufigsten. Hier war es immer sehr behaglich. In diesem Raum standen Couch und Sessel auf einem bräunlichen Teppich und noch einige andere Möbel. Durch das Fenster schaute man auf den großen Misthaufen im Hof, der mich nach wie vor in seinen Bann zog.

Jeweils an den Wochenenden erhielten die Gutsarbeiter ihr Deputat, also Lohn. Sie bekamen Milch, Eier, Brot, Butter und Mehl. Diese Lebensmittel waren Produkte vom Hof. Manchmal beobachtete ich, wie meine Mutter jedem Wartenden aus dem Fenster im Erdgeschoss heraus die Zuteilung übergab. Dabei waren alle froh gestimmt, der Kutscher, der Schmied, der Traktorist, der Förster, der Melkermeister, der Schnapsbrenner.

Den Besitzer des Rittergutes, den Grafen zu Solms von Sonnewalde, bekam ich mehrmals zu Gesicht. Die adlige Familie hingegen hielt sich nur selten in Wurschen auf. Ich stand einmal in der Nähe des Grafen, als er seinem Kutscher die Hand gab und sich mit ihm unterhielt.

Auch an ein Gespräch mit dem Förster kann ich mich recht gut erinnern.

In Abwesenheit der Herrschaften kümmerte sich mein Vater um alle Belange.

In einigen kleinen Zimmern des Schlosses, die modern hergerichtet waren, musste er immer dann heizen, wenn die gräfliche Familie ihre Ankunft mitgeteilt hatte.

Die anderen Räume des Anwesens wurden kaum oder gar nicht genutzt, daher nicht beheizt.

Es gab im bewohnten Bereich sogar schon ein Bad mit Dusche und Toilette, aber daneben, wie damals üblich, auch ein Plumpsklo.

Ein separates Speisezimmer existierte nicht, denn im Schloss wurde nie Essen serviert. Die gräfliche Familie speiste während ihres Aufenthaltes stets in unserem Herrenzimmer.

Ulla und ich durften manchmal eintreten und die Gäste artig mit Knicks und Diener begrüßen. Der Graf strich mir übers Haar und sah mich dabei mit freundlicher Miene an. Danach gingen wir wieder hinaus. Ich sehe den adeligen Herrn noch wie damals vor mir.

Unsere Eltern wurden vom Grafen zu Solms zu bestimmten Anlässen gebeten, gemeinsam mit ihm zu speisen. Einige Male war dann auch die Frau Gräfin anwesend.

Graf zu Solms und mein Vater pflegten einen recht freundlichen Umgang. Der Eigentümer des Rittergutes war zufrieden, dass sein Obergutsverwalter Fiebig die ihm übertragenen Aufgaben gewissenhaft erfüllte und zudem von allen Leuten geachtet wurde.

Gute Tage

Vater war tagsüber viel unterwegs. Desöfteren benutzte er ein Motorrad, um seine Leute aufzusuchen, mit ihnen zu sprechen und Aufträge zu erteilen.

Der Traktorist, Paul Günther, und der Förster Moll waren mit ihm näher befreundet.

Manchmal trafen sich die Drei beim „Brenner", der auf dem Gutshof lebte und die Schnapsbrennerei führte. Das kleine Gebäude befand sich neben dem Schweinestall.

Dort nahmen sie von Zeit zu Zeit gern mal einen zur Brust, was ihnen niemand verübelte.

An den Waschtagen ging es auf dem Hof meist recht fröhlich zu.

Mutter kümmerte sich mit den Mägden um das Abkochen der Wäsche. Dann wurden einzelne Stücke auf dem Waschbrett gerubbelt. Nach dem Spülen brachten Knechte die fertigen Wäschestücke auf einem Wagen zur Bleichwiese. Meine Schwester und ich durften mitkommen und dort spielen, bis die gesamte Wäsche aufgehängt oder zum Bleichen auf dem Gras verteilt war. Die Wiese sah danach immer wie ein großer Flickenteppich aus.

Ein besonderes Glücksgefühl empfand ich, wenn mich das Kindermädchen in seinen Schoß setzte und meinen Körper mit beiden Schenkeln einschloss.

Dabei spürte ich Wärme und Geborgenheit. Ich glaube, sie hat es auch gemocht, mich nah bei sich zu haben.

Für uns Kinder hatte Vater selten Zeit. Aber an den Sonntagen machten wir gelegentlich Spaziergänge. Wir ließen den Gutshof hinter uns, liefen zu den kleinen Teichen, über Wiesen und Hügelchen. An einer riesigen Eiche, die wohl schon tausend Jahre dort stand, und mit ihrer gewaltigen Krone viel Schatten spendete, legten wir manchmal eine Pause ein.

Ich weiß noch genau, dass wir eines Tages bei unserer Rast, an dem Stamm des knorrigen Baumes einen großen Riss entdeckten.

Nach unserer Rückkehr beauftragte mein Vater den Schmied des Rittergutes, einen Metallring als Bauchbinde um die Eiche zu schlagen.

Dieser erledigte es zu unserer Freude sofort und ließ uns Kinder glauben, dass er mit seiner Maßnahme dem uralten Baum das Leben gerettet hatte.

Ein andermal wanderten wir bis zur Belgernschanze, einem Hügel aus urslawischer Zeit.

Die Natur ringsum lockte uns immer wieder mit ihren vielen Möglichkeiten zum Wandern. Es war sehr beglückend, von dieser ruhigen, friedlichen Landschaft umgeben zu sein.

Wenn aber die Kutsche angespannt wurde, fuhren wir immer in das Örtchen Särka. Dort lebten meine Großeltern, August und Helene Richter, auf einem kleinen Bauernhof. Ich mochte meinen Opa besonders gern und freute mich auf jeden Besuch bei ihnen.

So erlebten meine Schwester Ulla und ich, von unseren Eltern, den Großeltern und dem Kindermädchen liebe-

voll umsorgt, auf dem großen Gut in Wurschen unbe-
schwerte Tage.

Während anderswo Tausende Soldaten bei Kämpfen im
Kugelhagel starben und viele unschuldige Menschen
ermordet wurden, hatte ich zu diesem Zeitpunkt nicht die
geringste Vorstellung, was Krieg bedeutet, kannte weder
Not noch Angst.

Die Zeiten ändern sich

Einmal entdeckte ich beim herumstrolchen, dass sich auf der alten Heerstraße Truppen in unsere Richtung bewegten. Es waren Soldaten, mit Zugmaschinen und Wagen. Sie hielten auf dem Gut an, um sich mit Vorräten zu versorgen und ihre Gefährte zu reparieren. Auch die Hufe der Pferde mussten meistens neu beschlagen werden. Ein paar Tage später fuhren sie dann weiter in Richtung Osten. Bald darauf kam schon der nächste Trupp, den ich neugierig beäugte.

Ich mischte mich jedes Mal unter die Soldaten. Denn für einen kleinen Burschen wie mich, war es immer aufs Neue interessant und aufregend, was auf dem Gutshof vor sich ging. Leider gab es zu diesem Zeitpunkt außer meiner Schwester Ulla keine Spielgefährten, mit denen ich hätte herumtollen können.

Einmal hatte mir ein Erwachsener erzählt, dass unsere Soldaten gegen Feinde kämpfen müssten. Ich hörte diese Worte, ohne jedoch deren Inhalt zu verstehen.

Die alte Heerstraße zwischen Bautzen und Weißenberg führte dicht am Rittergut Wurschen vorbei.

Schon Napoleon hatte sie samt seinen Soldaten auf dem Weg nach Russland benutzt und sich mit den kläglichen Resten seines Heeres auf derselben Straße nach Frankreich zurückgezogen. Es gibt noch heute einen Gasthof im Ort, in welchem der Feldherr auf der Durchreise übernachtet haben soll.

Die Gaffer am Fenster

Es war lange vor Frühlingsbeginn 1945, als aus östlicher Richtung ein Gefangenentrupp auf dem Gutshof ankam. Es wurde erzählt, dass es Franzosen wären.

Meine Erinnerungen daran sind bis zum heutigen Tag besonders lebendig geblieben.

Wie so oft, beobachtete ich wieder einmal, was auf dem großen Hof vor sich ging.

Es war noch hell draußen. Ich stand am Fenster unserer Stube, von wo aus ich alles gut überblicken konnte, sah die fremden Männer, die umherliefen und miteinander schwatzten. Manche tranken Wasser, andere wuschen sich in der Pferdetränke, einige rasierten sich. Wie gebannt schaute ich ihnen zu, ließ mir nichts von all dem entgehen, was da unten passierte.

Zuerst gesellte sich meine Schwester zu mir, dann kam das Kindermädchen, dann meine Mutter. Zuletzt erschien Vaters Sekretärin, Fräulein Mucke. Wir verfolgten allesamt das bunte Treiben.

Anfangs geschah nichts Besonderes. Aber plötzlich steuerte ein Soldat den Misthaufen an ... ein zweiter ... ein dritter. Dann folgte einer dem anderen. Und jeder hatte ein Blatt Papier, ein Stück Zeitung in der Hand. Nicht lange, da saßen sie alle mit heruntergelassenen Hosen neben oder auf dem riesigen Dungberg, um ihr Geschäft zu machen. Manche hielten das Papier in Augenhöhe vors Gesicht, als würden sie gerade lesen.

Der Anblick der nackten Hintern verfehlte seine Wirkung nicht. Wir brachen in schallendes Gelächter aus und drückten uns hinter der Scheibe die Nasen platt. Die Männer am Misthaufen bemerkten uns und schienen sich über die Gaffer am Fenster ebenfalls zu amüsieren.

Seelenschmerz

In den ersten Monaten des Jahres 1945 herrschte eisige Kälte. An einem dieser frostigen Tage trieben Männer in Uniformen, mit Gewehren bewaffnet, eine große Menschenmenge auf den Gutshof. Als ich sie aus der Nähe betrachten konnte, sah ich, dass es Frauen waren. Die armseligen Geschöpfe hatten nur Lumpen am Leibe. Es war ein trauriger Anblick. Erst viel später erfuhr ich mehr über diese jüdischen Frauen, die aus dem KZ Groß Rosen kamen und unter Aufsicht von SS-Leuten über die Heerstraße in ein anderes Lager überführt werden sollten.
Eine Nacht lang wollten die Aufseher mit den Gefangenen bei uns auf dem Gut bleiben.
Die Frauen schleppten sich, barfuß in Holzschuhen, mühsam über den Hof. Dieses hohle, laute Geklapper auf dem Pflaster, habe ich noch wie damals in den Ohren. Es klang unheimlich. Die bewaffneten Männer schrien laut herum und trieben sie wie Vieh in die Scheune, in die Ställe und hinauf auf den Dachboden. Dann verriegelten sie alle Türen und Tore.
In der Wirtschaftsküche hörte ich Mutter mit den Mägden leise reden. Sie waren entsetzt von dem, was sie mit angesehen hatten. Einige junge Frauen waren zu ihnen gekommen und hatten gefleht, sie zu verstecken. Ich war damals sehr berührt, weil ich die Angst in ihren Augen sah. Ihre Bitte verstand ich jedoch nicht.

Das Verstecken war für mich ein Spiel, ein Wort, das ich in diesem Zusammenhang nicht begriff.

Ich werde aber niemals vergessen, welche gefährliche Situation mein Vater durch sein eigenwilliges Verhalten heraufbeschworen und sich dadurch in große Gefahr gebracht hatte.

Er hatte sich als Rittergutsinspektor für den Hof verantwortlich gefühlt und den SS-Männern vorgeworfen, das Gut ohne vorherige Absprache mit ihm in Beschlag genommen zu haben. Er hatte auch erbost reagiert, als er die Frauen, die sie auf dem Boden über dem Schweinestall eingepfercht hatten, zu Gesicht bekam, denn dieser baufällige Speicher war seit langem gesperrt. Das kümmerte die SS jedoch wenig. Sie drohten Vater mit Erschießung, wenn er nicht sofort das Maul halten würde.

In jener Nacht war wohl niemand zum Schlafen gekommen. Alle Menschen auf dem Gut nahmen Anteil am Schicksal der bedauernswerten Wesen.

Durch die Dunkelheit drang herzzerreißendes Weinen herüber. Ich lag in meinem Bett und hörte ihre traurigen Gesänge, Lieder mit fremdartigem Klang.

Gegen den Willen der Aufseher hatte mein Vater angeordnet, über Nacht in sämtlichen Behältern der Futterküche und in den Kesseln der Brennerei Kartoffeln zu dämpfen, damit jede Gefangene eine Hand voll Pellkartoffeln bekam.

Dem Vieh sollte am nächsten Tag Trockenfutter verabreicht werden.

Kaum war der Morgen angebrochen, trieb man die Frauen auf dem Hof zusammen. Anschließend suchten die Aufseher jeden Winkel, jede Ecke des Gutes und sämtliche Nachtlager ab, um Verstecke aufzuspüren.

Niemandem durfte es gelingen, zu flüchten.

Was sich dann noch ereignete, erfuhr ich später von den Leuten, die es miterlebt hatten.

Mein Vater war auf die Tenne gestiegen und hatte dort unter Fetzten und Lumpen acht oder neun völlig entkräftete menschliche Körper entdeckt.

Die SS-Männer, die kein Mitleid mit den ausgemergelten Gestalten hatten, trieben sie nach unten, um sie auf dem Hof zu erschießen.

Ich weiß nicht, was mein Vater getan hat, aber er verhinderte, dass sie vor unseren Augen getötet wurden. Es hieß, er hätte den Männern gedroht, weil auf dem Gutshof und in Wurschen niemand erschossen werden dürfe.

Von einem seiner Leute ließ er aus dem Nachbargut Drehsa noch ein Gespann heranholen.

Dieses Gefährt übergab er den Aufsehern. Dann wurden die Frauen auf den Wagen geladen.

Der große Treck setzte sich in Bewegung und fuhr vom Hof. Allmählich kehrte eine bedrückende Ruhe ein.

Doch bald darauf kehrten die zwei Kutscher auf ihren Gespannen zurück. Sie mussten nur wenige Kilometer fahren, bis sie den vorausfahrenden Treck eingeholt hatten. Am Eingang zu einer Kiesgrube vor dem Örtchen Salzenforst gab die SS den Befehl, anzuhalten.

Die Kutscher berichteten meinem Vater, dass alle Kranken und Schwachen von den Fahrzeugen gezerrt und in die Grube getrieben wurden. Die übrigen Frauen mussten mit ansehen, wie die Wachmannschaft alle erschoss und in einem Loch verscharrte. Es starben nicht nur die acht oder neun völlig erschöpften Frauen, welche man auf dem Heuboden des Rittergutes entdeckt hatte, sondern auch all jene, die keine Kraft mehr hatten, den langen Marsch durchzustehen.

Niemand konnte sagen, wie viele der Jüdinnen damals ums Leben gekommen waren, aber überall in der Gegend sprachen die Menschen von diesem abscheulichen Gemetzel. In der Kiesgrube wurde nach dem Krieg eine Gedenkstätte errichtet.

Fremde und Freunde

Mit Beginn des Jahres 1945 wurden Kriegsgefangene, die eine Zeit lang Arbeitsdienste leisten mussten, auf den Hof gebracht.
Ich machte die Bekanntschaft zweier Männer.
Der eine war von kräftigem Wuchs, kam aus Russland und hieß Adam. Der andere war ein junger Franzose, mit dem ich mich schnell anfreundete. Einige Male ermunterte er mich, ihm zu folgen, was ich aus Neugier auch tat. Gleich darauf holte er ein Stück Würfelzucker aus einem ledernen Tornister und schenkte es mir. Leider ist mir der Name dieses freundlichen Burschen entfallen.
Er und Adam hatten ein gutes Verhältnis zu meinen Eltern. Der junge Russe war gelernter Schmied. Ich sah ihn bei der Arbeit kräftig zupacken.
Eines Tages vertraute er meiner Mutter an, dass er fliehen müsse, sobald es eine Gelegenheit für ihn gäbe. Seine Verfolger würden ihn umbringen.
Später hörte ich von den Eltern, dass sie dem jungen Burschen die Flucht ermöglicht hatten.

Als wir an einem Sonntag vom Kutscher Mirtschin, wieder einmal zu den Großeltern nach Särka gefahren wurden, trafen wir auf meinen Onkel Ernst.
Er hatte Fronturlaub bekommen und ich bekam vor Aufregung rote Ohren, so sehr freute ich mich, ihn endlich wieder zu sehen.

Wie damals habe ich noch immer jenes Bild vor Augen, wie ich staunend vor ihm stehe, seine Uniform und das Seitengewehr bewundere. Onkel Ernst war ein ruhiger, sanftmütiger Mensch. Schon als kleiner Bube hatte ich ihn ins Herz geschlossen.

Aber ich war auch sehr froh, dass meine Großeltern in unserer Nähe wohnten.

Manchmal kam Großvater mit dem Fahrrad aufs Gut. Ein andermal fuhr er mit dem Einspänner, dem leichten Kutschwagen mit Klappverdeck und einem Pferd davor, zu uns. Dann blieb er eine ganze Weile, um nach dem Rechten zu sehen.

Vorsorge

Mit der Zeit hörte ich die Menschen immer häufiger von den Russen sprechen, und dass sie Angst vor ihnen hätten.

Wenn ich Vater oder Mutter danach fragte, erklärten sie mir, dass deutsche Soldaten in Russland kämpfen, und wenn sie dort nicht siegen würden, dann kämen die russischen Soldaten bald zu uns. Das wäre schrecklich.

Sowohl meine Eltern und Großeltern, als auch die Menschen auf dem Hof und in der Umgebung hofften unbeirrt, dass so etwas nicht geschehen würde.

Dennoch ließ mein Vater die Gespanne herrichten. Die Leiterwagen bekamen ein Dach aus Planken und Tuch.

Es war an der Zeit, den Einwohnern von Wurschen die Notwendigkeit einer Flucht zu erklären und diese rechtzeitig zu organisieren, meinte mein Vater, denn er fühlte sich für alle auf dem Gutshof und im Dorf Wurschen verantwortlich.

Eines Tages nahm er meine Schwester Ulla und mich bei der Hand.

Wir liefen in westliche Richtung aus dem Ort hinaus. Auf der linken Seite der Hauptstraße kamen wir an den Teicheln vorbei. Dieser Name stand für eine Landschaft mit Teichen von geringer Größe, die zu Schloss und Gutshof gehörten.

Sie waren eingebettet in kleine, grüne Hügel und allerlei halbmannshohes Buschwerk. Am Rande des Ortes stand eine alte Feldscheune. Wenn die Arbeit auf den Äckern ruhte, beherbergte sie alle landwirtschaftlichen Geräte: Eggen, Dampfmaschinen, Traktoren und Mähmaschinen. Der Weg zu den Teichen endete an einem Hang, von dem aus man weit über die Felder schauen konnte. Zwischen Wald und kleinen Hügeln hindurch schlängelte sich die kurvenreiche Straße, die über Litten nach Bautzen führte. Vater deutete mit der Hand zu einem bewaldeten Hang hinüber.

„Da drüben habe ich Bunker anlegen lassen. Dort können wir uns und alle Bewohner von Wurschen vor Luftangriffen in Sicherheit bringen. Niemand soll zu Schaden kommen", erklärte er uns.

Ich erinnere mich, dass die Schutzräume in einen Hügel hinein gebaut waren. Der Boden war mit trockenem Stroh ausgelegt. Baumstämme, die tief ins Erdreich eingelassen waren, stützten links und rechts die Wände und das Dach. Man musste durch eine winzige Tür kriechen und einige Stufen hinabsteigen, um in das Innere des Bunkers zu gelangen.

Die Flucht beginnt

Am 19. April 1945 war der Tag gekommen, an dem wir in großer Eile die Schutzräume aufsuchen mussten. Es fanden alle Unterschlupf, auch die Zwangsarbeiter. Vater war der Einzige, der auf dem Gut zurückblieb.

Der freundliche Russe Adam, der sich rührend um uns alle kümmerte, holte meine Mutter, Fräulein Mucke, meine Schwester und mich in den Bunker, in dem auch die polnischen Frauen und Mädchen saßen. Man konnte dort unten kaum etwas sehen.

Die anderen Leute aus Wurschen und vom Gut flüchteten in jenen Schutzraum, der nur mit Deutschen belegt war. Plötzlich schlugen laut und dröhnend Bomben in der Nähe ein. Ringsum war die Erde in Bewegung und löste sich in Klumpen von den Wänden. Alle verharrten dicht aneinander gekauert aus und hofften, dass es bald ein Ende haben würde.

Irgendwann in der Nacht wurde die Tür zum Einstieg in den Luftschutzraum aufgerissen und Soldaten guckten herein. Sie sagten etwas in einer Sprache, die uns fremd war. Aber die polnischen Frauen redeten auf sie ein und gleich darauf verschwanden die Männer, ohne jemanden zu behelligen. Alle atmeten erleichtert auf.

Doch kurze Zeit später drangen aus dem Bunker nebenan angsterfüllte Schreie und lautes Gebrüll an unsere Ohren. Die Soldaten hatten deutsche Frauen und Mädchen beschimpft und viele von ihnen missbraucht.

Ich begriff nicht, was da gerade passierte.

Als Mutter und Fräulein Mucke Ulla und mich am frühen Morgen des 20. April 1945 aus dem Schlaf holten, waren alle Leute weg, auch die fremden Soldaten. Draußen schien die Sonne und ringsum war kein einziger Laut zu hören. Die Straße, die ins Dorf hinunter führte, war nur etwa fünfzig Meter von uns entfernt.

Mutter wagte sich hinaus.

„Hier ist alles ruhig, kommt zu mir, aber schnell", drängelte sie.

Gleich darauf machten wir uns auf den Weg nach Wurschen und erreichten bald das Haus des Försters und die gegenüberliegende Gärtnerei, die auch zum Gutshof gehörte.

Es wimmelte hier von Soldaten, die alle ein Gewehr trugen und in fremden Uniformen steckten.

Neben dem Brunnen stand ein Koloss von einem Panzer. Auf dem Pflaster lagen verendete Pferde mit aufgedunsenen Bäuchen und mehrere tote Soldaten. Beißender Geruch breitete sich aus.

Über uns knallte und krachte es. Geschosse pfiffen durch die Luft. Wir rannten bis zum Wirtschaftsgebäude, um von dort aus in unsere Wohnung zu gelangen.

Russische Offiziere versperrten uns jedoch den Weg und drängten uns durch das Speisezimmer bis zu dem einem Gewölbe ähnelnden Vorratsraum. Dort fanden wir Vater. Er lag auf einer Strohmatte hinter der verriegelten Tür.

Mutter, wir Kinder und Fräulein Mucke mussten ebenfalls in diesen Raum hinein und durften ihn fortan nicht mehr verlassen. Nach geraumer Zeit kam ein Offizier und nahm jeweils einen Erwachsenen zum Verhör mit. Die Russen wollten in Erfahrung bringen, ob an irgendeiner Stelle Waffen versteckt waren.

Eine Pistole, die mein Vater im Schreibtisch verwahrt hatte, war gestohlen worden. Der Dieb hatte seine goldene Armbanduhr gleich mitgehen lassen.

Das war alles zu verschmerzen. Mutter machte sich aus einem anderen Grund Sorgen um unseren Vater.

Nachdem ein polnischer Zwangsarbeiter den Offizieren berichtet hatte, dass er von ihm geschlagen worden sei, sollte Vater deswegen standrechtlich erschossen werden. Die anderen polnischen Arbeiter vom Gutshof setzten sich jedoch für ihn ein. Das war sein Glück.

Weil Vater sie stets gut behandelt hatte, entging er somit einer ungerechten Bestrafung.

Dem Verleumder drohten die eigenen Landsleute Prügel an. Alle kannten ihn als aufsässigen, ungehorsamen Burschen, der das Arbeiten nicht gerade erfunden hatte.

Unserer Mutter hatte er in der Wirtschaftsküche einmal das Essen über den Kopf schütten wollen, nur weil es ihm nicht schmeckte. Vater hatte dieses Vorhaben durch zwei kräftige Ohrfeigen in das Gesicht des respektlosen jungen Mannes vereitelt. Von da an durfte dieser nicht mehr in der Gemeinschaftsküche mit den anderen seine Mahlzeiten einnehmen. Wie es schien, hatte er sich für diese Kränkung auf seine Weise rächen wollen.

Die Offiziere hielten Vater trotzdem fest, jedoch aus einem anderen Grunde:

In seiner Überzeugung, als Verwalter den Gutshof an die Russen übergeben zu müssen, hatte er sich mit Paul Günther, dem Traktoristen, im Hof aufgestellt. Paul Günther hielt eine weiße Fahne vor. Da dessen Heimatsprache Sorbisch war, was dem Russischen ähnelt, konnte er die Verständigung mit den Offizieren ermöglichen.

Vater trug damals Reithosen, dazu eine weiße Leinenjacke und lederne Stiefel. Seine Haare waren kurz geschoren und am Hinterkopf glatt rasiert. So hatte er die Russen empfangen.

Die aber waren verwundert, weshalb dieser Deutsche nicht an der Front kämpfte wie alle Männer seines Alters. Allein diese Tatsache hatte ihn schon verdächtig gemacht. So einen durfte man nicht ohne weiteres laufenlassen.

In der Nacht vom 20. zum 21. April 1945, als wir alle in dem Verließ hockten, betrat ein stark angetrunkener Russe unseren Raum. Er steuerte auf Mutter zu und versuchte, sie mit sich zu ziehen. Im nächsten Moment erschien jedoch ein zweiter, gut gekleideter Offizier. Er stellte sich seinem Landsmann in den Weg und ohrfeigte ihn gehörig. Dann drängte er den Betrunkenen aus dem Raum.

Mir war schon mehrfach aufgefallen, dass es unter den Soldaten etliche gab, die ein gutes Benehmen hatten. Manche von ihnen schauten jedoch verächtlich auf uns herab. Sie waren voller Hass und Verachtung.

Der Stabssitz der russischen Einheit hatte sich in dem Wirtschaftsgebäude des Gutshofes eingerichtet.

Der Kommandeur, ein Major, war ein sehr freundlicher Mann.

Er kam am Morgen des 21. April 1945 zu uns, zeigte auf Mutter, Fräulein Mucke, Ulla und mich und gab uns zu verstehen, dass wir gehen sollten.

Vater musste bleiben. Wir durften uns nur von ihm verabschieden.

Ich ahnte an jenem Tag nicht, dass es sobald kein Wiedersehen geben würde.

Die Frauen beschlossen, sich zu den Eltern nach Särka durchzuschlagen, obwohl sie wussten, dass es sehr gefährlich war, ohne Schutz in einer Gegend umher zu laufen, in der es überall von Soldaten wimmelte.

Draußen auf dem Hof wurde ein Bündel mit Kleidung geschnürt und in einem kleinen, gummibereiften Bollerwagen verstaut. Es gab nichts, was wir sonst noch hätten mitnehmen können. So verließen wir den Gutshof, vorbei an den russischen Soldaten, an der Brennerei, in Richtung Särka.

Überall hörte man Schüsse, es qualmte und dampfte. Wenn die Flieger kamen, flüchteten wir unter die Bäume. Anfangs saßen meine Schwester Ulla und ich ein Stück des Weges auf dem Bollerwagen, den die beiden Frauen zogen, dann rannten wir wieder eine Weile nebenher.

Nicht weit vom Gut entfernt erreichten wir die Kreuzung „Acht Linden", an der wahrhaftig acht riesige Lindenbäume standen. Von hier aus gelangten wir auf die große Straße in Richtung Weißenberg.

Überall waren Bomben niedergegangen, die riesige Löcher hinterlassen hatten. Auf der Wiese verstreut lagen zahlreiche Kadaver verendeter Kühe.

Wenige Meter vor einer Brücke tauchte unvermittelt ein Mann auf. Meine Mutter kannte ihn. Er warnte uns eindringlich davor, auf diesem Wege weiterzulaufen. Stattdessen sollten wir quer über die Felder und Weiden gehen. Seinen Rat befolgend, verließen wir daraufhin die Straße.

Am Rande des Waldes entdeckten wir mehrere Panzerabwehr-Kanonen. Einige standen mitten im freien Gelände. Sie schienen noch voll einsatzfähig zu sein.

Wir rannten weiter, denn in der freien Landschaft waren wir völlig schutzlos.

Noch ahnten wir nicht, dass wir bereits wenige Augenblicke später in eine verhängnisvolle Lage. geraten würden

Stunden des Schreckens

Plötzlich stürmte eine Horde russischer Soldaten auf uns zu. Als sie uns erreicht hatten, ging alles furchtbar schnell.

Sie zerrten Mutter und Fräulein Mucke gewaltsam aufs Feld, stellten sich lärmend in zwei Reihen auf und sahen zu, wie sich die zu Tode verängstigten Frauen Strümpfe und Unterwäsche vom Leibe rissen.

Dann machten sich die Männer über die beiden hilflosen Opfer her.

Niemanden kümmerte es, dass zwei kleine Kinder dieses grausame Spiel mit ansehen mussten. Das Martyrium fand erst ein Ende, als ein Offizier auftauchte, der den rohen Kerlen Einhalt gebot und sie davonjagte. Er half Fräulein Mucke und meiner Mutter, die vor Angst und Schmerzen schrien, auf die Beine.

Als Soldaten erneut versuchten, sie zu belästigen, drohte er ihnen mit der Pistole.

Der mutige Einsatz dieses Mannes hat mich damals sehr beeindruckt.

Ich verstand zwar nicht, was die Männer getan hatten, war aber überzeugt, dass es etwas sehr Böses gewesen sein musste.

Der Offizier begleitete uns bis zur Straße, auf der wir unseren Weg fortsetzen wollten.

Dabei fuchtelte er erregt mit den Händen und bedeutete uns, schnell zu verschwinden, weil er uns kein zweites Mal beschützen könnte.

Wir liefen weiter, am Ort Nechern vorbei, in Richtung der kleinen Lausitzer Teiche. Dazwischen war ein riesiger Panzergraben ausgehoben und eine Panzersperre errichtet worden.

Mir fiel in diesem Moment ein, dass ich mit meinem Vater schon einmal hier gewesen war. Er hatte mich auf dem Tank seines Motorrades mitgenommen, hatte mir große Baumstämme und Granitsteine gezeigt, die für den Bau von Straßensperren vorgesehen waren.

Als wir nun auf unserer Flucht an diesen Ort gelangten, stand dort ein abgeschossener Panzer, der noch brannte. Von der Panzersperre war nur ein qualmender Haufen übrig geblieben.

Ganz in der Nähe entdeckten wir unter einem hohen Baum die Leichen von fünf deutschen Soldaten, die wahrscheinlich die Stellung verteidigt und den Panzer abgeschossen hatten.

Immer wieder mussten wir die Straße verlassen, denn viele Militärfahrzeuge fuhren an uns vorbei in Richtung Bautzen.

Manchmal waren es Autos der Deutschen, dann wieder kamen Fahrzeuge der Russen.

Von Zeit zu Zeit hielten diese Leute an und sprangen in die Gräben neben der Straße, um sich vor den Angriffen aus der Luft zu schützen. Auch wir gingen vor den Fliegern in Deckung, liefen ein Stück weiter, flüchteten erneut, liefen abermals weiter, bis wir zur Kreuzung Kotitz – Gröditz kamen.

Unser Ziel war Kotitz, jenes kleine, auf einem Hügel liegende Dorf. Dort angekommen, entdeckten wir glücklicherweise ein unbewohntes Haus.

In der oberen Etage legten Mutter und Fräulein Mucke uns Kinder in die Betten. Die beiden Frauen hatten Wanne und Schüssel gefunden und sie mit Wasser gefüllt.

Dann saßen sie lange Zeit darin, reinigten sich unentwegt und sprachen währenddessen leise miteinander. Sie waren zornig und in großer Sorge, dass es böse Folgen haben könnte, was ihnen diese gewalttätigen Männer auf dem Acker angetan hatten.

Die Kirche von Kotitz

Wahrscheinlich hatte der Schlaf meine Schwester und mich irgendwann übermannt. Als Mutter uns weckte, war es draußen noch immer hell.

Wir verließen das Haus, das uns eine Weile Schutz geboten hatte, überquerten auf einem kleinen Steg einen Bach und liefen weiter den Hang hinauf, der zur Kirche von Kotitz führte.

Ich hoffte sehr, dass wir bald bei meinen lieben Großeltern in Särka sein würden.

Auf dem Gutshof von Kotitz, ganz in der Nähe der Kirche und des angrenzenden Friedhofs, stießen wir auf eine große Menschenmenge. Mutter meinte, es seien Leute vom Volkssturm, weil sie einen der Männer erkannt hatte. Er berichtete, dass die Russen in ihrem Heimatdorf Särka Stellung bezogen hätten und auf jeden schießen würden, und dass ihre Eltern auch nicht mehr auf dem Gut wären.

Sie glaubte dem Mann.

In Wahrheit wollte er ihr, wie sich später herausstellte, den traurigen Anblick des stark beschädigten elterlichen Hofes ersparen.

Mutter und Fräulein Mucke, jede mit einem Kind an der Hand, zogen abwechselnd den Bollerwagen. So eilten wir weiter bis zur Kirche, die wir durch den Eingang an der Westseite betraten. Wir ließen uns im Kirchenschiff auf den Bänken nieder, um uns ein wenig auszuruhen. Ich sah mich um und entdeckte eine Orgel.

Die beiden Frauen berieten, was nun geschehen sollte. Immer wieder stieg Mutter über die Treppe zur Empore hinauf, lief hin und her und spähte durch die Fenster. Nach einer Weile der Unschlüssigkeit kam sie herunter gerannt, rief uns zu sich und drängte zum sofortigen Aufbruch.

Das war am späten Nachmittag des 21. April 1945.

„Wir müssen hier weg. Es kommen Soldaten, und ich weiß nicht, was die vorhaben", sagte sie aufgeregt.

In Windeseile verließen wir die Kirche, aber nun durch die zweite Tür auf der nördlichen Seite.

Ich erinnere mich an eine Mauer, an der wir entlang liefen, und an Stufen, die abwärts in den Ort führten. Wir hasteten davon, um möglichst schnell die Straße zu erreichen. Plötzlich hörten wir Schüsse, die von hinten auf uns abgefeuert wurden. Mutter und Fräulein Mucke schnappten Ulla und mich, und wir rannten um unser Leben. Sie mussten sich auch noch mit dem lästigen Wagen abplagen, den sie keinesfalls zurücklassen wollten. Auf ihm lag unser einziges Hab und Gut.

Unser Fluchtweg führte an der Mühle vorbei, wieder an einer Mauer entlang, die uns schützte. Endlich hatten wir die Anhöhe hinter dem Gutshof erreicht. Von dort aus gelangten wir auf jene Straße, von deren Kreuzung die Wege nach Gröditz und nach Weißenberg - Bautzen führten.

Nachdem wir nach Lauske abgebogen waren, hielten wir im Schutze einer Mauer an, um zu verschnaufen. Die Frauen waren am Ende ihrer Kräfte, dennoch erleichtert.

Mutter hielt uns fest und sagte: „Ich glaube, wir haben es geschafft."

Im nächsten Augenblick riss sie die Arme hoch und schrie:„Seht doch, die Kirche!"

Das Bauwerk aus Holz brannte lichterloh. Die Flammen schlugen bis hoch in den Himmel.

Wir wären vielleicht darin umgekommen, wenn Mutter uns nicht rechtzeitig in Sicherheit gebracht hätte.

Die Menschen in der näheren Umgebung beobachteten ebenfalls, wie die Kirche niederbrannte, aber keiner wusste, ob es Opfer gegeben hatte.

Nur wir vier konnten mit einiger Gewissheit sagen, dass sich wahrscheinlich niemand mehr im Gotteshaus aufgehalten hatte, als es nach unserer Flucht in Brand geraten war.

Später kursierte manch gruselige Geschichte darüber.

Ich glaube, dass ich wohl nach so vielen Jahren der einzige Zeuge bin, der am 21. April 1945 noch eine Zeit lang in der Kirche von Kotitz verweilte, bevor sie kurz darauf, menschenleer, den Flammen zum Opfer fiel.

Weiter auf der Flucht

Mutter schleppte uns mit sich bis in den Ort Lauske. Dort kannte sie einen Schmied. Wir trafen ihn an, als er gerade einen Ochsen einspannte, während die Familie ihre Habseligkeiten auf dem Gespann verstaute. Der Schmied bestätigte ihr, dass die Großeltern Särka bereits verlassen hatten. Nun wollte er mit seiner Familie ebenfalls das Weite suchen.

Er bot uns an, mit ihnen zu kommen. So fuhren wir im Treck mit dem Schmied und seinen Leuten.

Mutter und Fräulein Mucke hatten es von da an ein wenig leichter mit uns und dem Gepäck.

Als wir Beiersdorf, einen Ort in der Oberlausitz erreicht hatten, fanden wir endlich unsere Großeltern wieder. Das war eine Freude. Ulla und ich stürmten in ihre Arme.

Viele Flüchtlinge machten hier Station. Es gab in der unmittelbaren Umgebung keine Kampfhandlungen mehr. Alles schien ruhig zu bleiben.

Von nun an zogen wir zusammen mit den Großeltern weiter. Schließlich kamen wir auf einem Gutshof in Breitendorf unter. Großvater hatte zwei Gespanne und den Jagdwagen bei sich. Diese Gefährte wurden hergerichtet, weil man es für sehr wahrscheinlich hielt, dass wir auch von hier in absehbarer Zeit verschwinden müssten. Schon bald bewahrheitete sich diese Vermutung, und wir befanden uns wieder auf der Flucht. Unterwegs kamen uns Polen und Tschechen entgegen. Sie hielten alle Gespanne an und durchsuchten die Wagen.

Mutter gelang es, im letzten Moment eine Jagdwaffe und Munition auf den Acker zu werfen. Solch ein Fund hätte uns den Tod bringen können. Aber es war auch ohne Waffenfund grausam, welches Schicksal die Flüchtlinge ereilte.

Wieder wurden Frauen und Mädchen auf die Straße gezerrt und missbraucht. Man hörte ihr Flehen und Weinen. Aber niemand hatte den Mut, ihnen zu helfen. Jeder wollte sein eigenes Leben retten.

Die fremden Leute bemächtigten sich auch der Pferde. Versuchte jemand, das zu verhindern, wurde er sofort verprügelt.

Mein Großvater hatte Glück. Er war auf dem Kutschbock sitzen geblieben, hatte die Zügel seiner Stute, deren Fohlen sich ängstlich an ihren Bauch schmiegte, fest in den Händen.

Wie es schien, hatten die Männer Respekt vor den beiden Tieren und rührten sie nicht an.

Schon bald gerieten wir in eine ähnliche Situation.

Dieses Mal kamen wir nicht so gut davon.

Der Jagdwagen mit den zwei Rappen, auf dem Mutter bisher gesessen hatte, wurde beschlagnahmt. Wir mussten mit ansehen, dass man die Pferde des zweiten Wagens ausspannte und mitnahm. Nun blieb uns nur noch Großvaters Gespann, auf dem wir aber alle Platz fanden. Um unsere Mutter vor einem Missbrauch der rachsüchtigen Kerle zu schützen, hatten die Großeltern sie mit allerlei zerschlissenen Kleidungsstücken in eine alte Frau verwandelt. Nur mit dem Kopf schaute sie aus den

Gepäckstücken hervor und war selbst für mich kaum zu erkennen. Durch die Verhüllung blieb sie, Gott sei Dank, unversehrt.

Wir setzten unsere Flucht fort, wollten als nächstes die einzige, noch intakte Elbbrücke überqueren.

Da hieß es plötzlich: Die SS kommt.

Niemand ahnte, dass diese Leute, selbst Deutsche, auf brutalste Weise unseren Weg kreuzen würden.

Es waren Männer auf dem Rückzug in ihren Schützenpanzerwagen in voller Kampfmontur. Sie rissen nieder, was ihnen den Weg versperrte: Fahrzeuge, Männer, Frauen, Kinder, Tiere.

Die flüchtenden Menschen konnten nicht fassen, was sie da mit ansehen mussten. Auch wir waren entsetzt, wenngleich wir das Drama aus einiger Entfernung. erlebten.

Es grenzte fast an ein Wunder. Aber wir kamen in dieser Situation ungeschoren davon.

Überall herrschte jedoch Chaos. Nur für kurze Zeit hatten wir Gelegenheit, in einer Scheune, die vollgestopft war mit Menschen, zu verweilen.

Hier stieß mein Vater zu uns.

Die Russen hatten ihn letzten Endes doch laufen lassen, weil er auf dem Gut in Wurschen keine Schuld auf sich geladen hatte. Das war ein großes Glück.

Die Freude über seine Ankunft wich jedoch schnell der traurigen Feststellung, dass er wohl viel mehr als früher dem Alkohol zugetan war.

Großvater zeigte kein Verständnis dafür und war erbost. Vater trank ja seit jeher gerne einen über den Durst, wie es auch bei den Russen und all den anderen Soldaten üblich war. Aber nun war er bereits stark alkoholisiert bei uns angekommen und belästigte meine Mutter.

Großvater schritt daraufhin energisch ein, bescherte ihm einen ausgekugelten Arm und somit einen schmerzhaften Denkzettel.

Im Dunkeln hörte ich die Eltern leise miteinander reden. Mutter verband Vaters lädierten Arm, und er beschwor sie, ihm zu verzeihen, denn er bedauere, was vorgefallen war.

In derselben Nacht kam die Nachricht vom Ende des Krieges endlich auch bei uns an. Die Menschen jubelten.

Rückkehr

Gleich am Morgen des folgenden Tages fuhren wir los, denn wir wollten so schnell wie möglich zurück nach Särka.

Das kleine Gut der Großeltern war zwar stark beschädigt, aber doch nicht völlig abgebrannt. Vom Wohnhaus standen einige geschwärzte Wände, vom Kuhstall dagegen existierte nichts mehr. Nur die Scheune hatte wenig Schaden genommen.

Ich erinnere mich, wie erstaunt ich war, dass an einigen Wänden noch Bilder hingen.

Notdürftig wurde einiges hergerichtet. Zum Schlafen kamen wir bei einer Nachbarsfamilie unter, die den Großeltern und uns ein Zimmer auf ihrem Gutshof zur Verfügung stellte. Wir mussten aber vorerst auf dem Fußboden schlafen.

Und wieder bangten wir um unseren Vater.

Als ehemaliger Inspektor des Rittergutes wurde er erneut gesucht und musste immer wieder untertauchen; zum Beispiel beim Kutscher Mirtschin, aber auch bei anderen Leuten, die ihn als unbescholtenen Mann kannten. Zu allem Unglück hatte er zu jener Zeit durch einen Unfall eine arge Verletzung am Bein davon getragen.

Von unserem gesamten Hab und Gut, das Vater zum Teil vergraben hatte, war nicht viel übrig geblieben. Einige Sachen schleppte Mutter herbei und versteckte sie im Haus. Aber die Russen drangen oft in die Häuser der Leute ein. Jedes Mal, wenn sie Frauen für ihre Gelage suchten, nahmen sie alles mit, was ihnen zwischen die Finger kam.

Ich bin damals den lieben langen Tag umher gestrolcht, was die Eltern wegen der Gefahren, die überall lauerten, mit Sorge sahen.

Manchmal lief ich auf den mir vertrauten Gutshof, den man inzwischen mit Stacheldraht eingezäunt hatte. Auf dem Hof wurden Kühe gehalten. Jeden Tag kamen Frauen aus dem Dorf, um sie zu melken. Unter der alten Remise entdeckte ich bei meinen Erkundungen einen Teil unserer Möbel aus dem Herrenzimmer. Die Männer von der SS hatten sich auf Sofa und Sesseln herum gelümmelt.

Dann waren die Russen gekommen, die rund um Bautzen standen und ihren Stützpunkt auf dem Gutshof eingerichtet hatten. Danach war von den Sitzmöbeln kaum noch etwas übrig geblieben.

Eines Tages erreichte uns eine Nachricht, die alle bestürzte.

Es hieß, dass die russische Armee bei ihrem Vormarsch in der Nähe von Weißwasser ein polnisches Lazarett dem Erdboden gleich gemacht und alle Verwundeten nieder gemetzelt hätte. Auch Zivilisten, Soldaten und das gesamte medizinische Personal sollten ums Leben gekommen sein.

Zu diesem Zeitpunkt wussten viele Leute noch immer nichts vom Ausmaß der Verwüstungen durch die deutsche Wehrmacht und vom Tod Millionen unschuldiger Opfer.

Wieder auf dem Rittergut

Wir Kinder blieben noch eine Weile bei unseren Großeltern in Särka, während Vater sich bereits auf dem Gut aufhielt. Wenig später kehrten aber auch Ulla und ich dorthin zurück.

Meinem Erkundungsdrang waren keine Grenzen gesetzt. Ein kleiner Junge wurde von allen geduldet. Ich bekam zu essen und konnte mich überall umschauen.

In unserer ehemaligen Wohnung sah es wüst aus. Eines Tages entdeckte ich dort einen betrunkenen Mann, der in einer Ecke lag und schlief. Das konnte ich mir ganz und gar nicht erklären.

Nachdem mein Vater sich mit den Russen verständigt hatte, bekam er den Auftrag, zusammen mit Paul Günther die Kühe auf den Weiden hinter dem Gut zu hüten.

Eines Tages wurde ihnen befohlen, die gesamte Herde in östliche Richtung zu treiben. Ich sehe Vater noch mit einem Rucksack auf dem Rücken vor mir.

Bei der Verabschiedung sagte er zu meiner Mutter: „Ich glaube nicht, dass ich jemals zurück nach Hause kommen werde."

Aber kurz darauf war er wieder da.

Die Situation beruhigte sich spürbar.

Auf dem Hof hielten sich mit der Zeit nur noch wenige Russen auf. Vater beteiligte sich häufig an deren Saufgelagen, was wohlwollend registriert wurde.

Wir sahen es jedoch mit Sorge.

Auf Geheiß der Gemeinde durften wir von nun an einige Räume im Gutsschloss bewohnen.

Auch die ehemaligen Arbeiter, unter ihnen viele Sorben, kamen nach und nach zurück auf den Hof.

Obwohl es kaum noch Vieh gab und das Gehöft in den Kriegswirren großen Schaden genommen hatte, wollten doch alle bleiben.

Später hörte ich davon, dass es in Wurschen nur einen Toten gegeben haben soll. Im Keller des Gutshauses hatte man einen älteren Mann gefunden, der wahrscheinlich durch Schüsse zu Tode gekommen war.

Eines Tages, als wir unsere Wohnung bereits bezogen hatten, tauchte der Graf zu Solms bei uns auf.

Ich sehe ihn vor mir, wie er, mit einem Lodenmantel bekleidet, neben meinem Vater steht und erklärt, dass er, als Adliger, in Lebensgefahr schwebe und mit seiner holländischen Frau in deren Heimat flüchten wolle. Um das Gut müsste sich nun jemand kümmern. Und da es in dieser ungewissen Zeit nicht leicht wäre, eine Person zu finden, auf die man sich verlassen könne, bat er meinen Vater, es zu tun. Bei allen Leuten war er ein geachteter Mann und machte nach wie vor keine Unterschiede in der Behandlung Deutscher, ehemaliger Zwangsarbeiter und Gefangener.

Jeder, der fleißig war, hatte Essen und eine ordentliche Schlafstelle bekommen.

Nur wenige der bestellten Gutsinspektoren kamen damals mit dem Leben davon.

Zu sehr hatten sich die meisten von ihnen wie Herren aufgespielt und die Arbeiter unwürdig behandelt.

In der folgenden Zeit setzte die Kommandantur der Russen in Bautzen meinen Vater zum Verwalter des Hofes ein und beauftragte ihn zugleich, die Verpflegung der russischen Soldaten zu sichern.

Neubeginn

Als im Jahre 1946 die Bodenreform vorbereitet wurde, berief man meinen Vater wegen seines guten Leumunds in die dafür zuständige Kommission.

Er beteiligte sich mit allerhand Vorschlägen an der Lösung schwieriger Probleme.

Bevor die Äcker aufgeteilt wurden, warb er bei den Bauern dafür, die kleinen Handtuchfelder abzuschaffen, weil größere Nutzflächen sinnvoller bearbeitet werden können.

Da es aber kaum Pferde und nur noch wenige landwirtschaftliche Maschinen und Geräte gab, empfahl er, einen gemeinsamen Maschinenpark aufzubauen. Jeder sollte hergeben, was noch einsatzfähig war. Dann konnten alle gemeinsam die Geräte nutzen und warten.

Ein umfangreicher Flächen - Nutzungsplan wurde unter seiner Mitwirkung erstellt, Raps und Kümmel angebaut und verkauft. Das füllte die Kassen. Auch der Rübenanbau auf einem riesigen Feld brachte eine gute Ernte und Gewinn für alle.

Durch die Initiativen meines Vaters verbesserte sich die Ernährungslage im gesamten Umland. Zum anderen konnte man mit dem erwirtschafteten Geld die Schäden an Wohngebäuden und Ställen auf dem Gutshof nach und nach beseitigen.

Zu aller erst wurden die maroden Dächer neu gedeckt. Dann ließ Vater die Ställe auf dem Gut wieder nutzbar machen.

Bald schon bekamen die Neubauern Tiere für die Vieh-haltung zugeteilt.

Unser erstes Nutztier nach dem Krieg war eine Ziege.

Während des Sommers 1946 wuchsen auf den Feldern der Bauerngemeinschaft Kürbisse heran.

Ich sehe noch die bis zum Horizont ausgedehnte, grüne Fläche, übersät mit gelben Blüten, vor mir, die ich mit Bewunderung betrachtet habe.

Als dann die kleinen Früchte zu stattlichen Monstern heran gewachsen waren, organisierte Vater Wachen an den Feldern, um das begehrte Diebesgut zu schützen.

In einer Fabrik unserer Gegend wurde aus den riesigen Kürbissen Brotaufstrich hergestellt.

Es muss ein Segen für den Betrieb gewesen sein, solch eine gewaltige Menge Fruchtfleisch verarbeiten zu kön-nen, denn zur damaligen Zeit lechzten die Menschen nach Marmelade.

Nun hatte Vater wieder eine verantwortungsvolle Auf-gabe. Er durfte Entscheidungen treffen und für Ordnung sorgen. Besser hätte es für ihn nicht kommen können.

Im November 1946 ließ sich die Großfamilie Schipka, die aus Polen vertrieben worden war, bei uns auf dem Hof nieder. Die Gemeinde hatte ihnen die ehemalige Küche des Gutes als Gemeinschaftsraum zur Verfügung gestellt.

Dann stand Weinachten 1946 vor der Tür.

Alle Leute auf dem Gut beteiligten sich an einer Sammlung, um diesen Menschen, die ihr Zuhause verloren hatten, unter die Arme zu greifen.

Zu den Schipkas gehörten mehrere Familien. Sie waren in verschiedenen Räumen auf dem Gutshof untergebracht.

Später stellte man den Umsiedlern ein Flurstück zur Verfügung. Dadurch konnten alle Familienmitglieder beieinander bleiben und sich für ihre Gemeinschaft ein neues Zuhause aufbauen.

Die Ansässigen blieben zumeist auf ihren alten Grundstücken, sanierten die Gebäude und Höfe oder errichteten neue Häuser. Unter ihnen waren auch Kutscher Mirtschin und Traktorist Paul Günther.

So entstanden im Verlaufe der Zeit viele Neubauern – Häuser.

Zu diesem Zeitpunkt bewirtschafteten die Bauern noch immer alles gemeinsam.

Schritte ins Leben

Im Herbst 1947 wurde ich eingeschult. In meiner kleinen Vier – Klassen – Grundschule unterrichteten die Lehrer jeweils die Kinder der 1. und 3.Klasse, sowie der 2. und 4. Klasse zusammen in einem Raum. Auf den Holzbänken mit den eingelassenen Tintenfässern und allerlei Schnitzereien hatten schon viele Schülergenerationen gesessen. Auf dem Tisch vor der Tafel lag noch immer ein Rohrstock, den so mancher Lehrer hin und wieder zur Hand nahm.

An ein schwarzhaariges Mädchen erinnere ich mich sehr genau. Sie war einen Kopf größer als ich, nicht dumm, aber ein wenig schwerfällig. Auf sie hatte es der Lehrer immer wieder abgesehen. Sie musste nach vorn kommen, die Handrücken beider Hände herzeigen, dann setzte es Hiebe. Das Mädchen tat mir sehr leid.

Einmal bot ich dem Lehrer an, sie zu verschonen und mir die Schläge zu verabreichen. Er ließ sich darauf ein. Weil ich aber keine Miene verzogen hatte, bekam das Mädel dann trotzdem noch seine Abreibung.

Manchmal wurden Kinder auch geohrfeigt.

Leider gab es kurz nach Kriegsende noch keinen geregelten Unterrichtsablauf, denn die Lehrer kamen und gingen.

Viele Kinder, die während der Kriegszeit keinen Schulabschluss machen konnten, sollten dieses Versäumnis nachholen. Aber es mussten erst einmal die Bedingungen dafür geschaffen werden.

Wir Kleinen erlernten die sorbische Sprache, die zu den Pflichtfächern gehörte. Im Deutschunterricht begannen wir zuerst mit den deutschen Schriftzeichen und lernten danach die lateinischen Buchstaben kennen.

Bis zur zweiten Klasse hatten wir nur Schiefertafeln. Dann schrieben wir mit dem Bleistift in unser erstes Heft und erst viel später mit Federhalter und Tinte.

Meine Schwester Ulla kam ein Jahr nach mir, im Herbst 1948, in die Schule.

Inzwischen bewerkstelligten die Landarbeiter nur noch wenige Arbeiten gemeinschaftlich. Sie begannen mehr und mehr, ihre eigenen Felder zu bestellen.

Ein Großteil von ihnen hatte wieder Viehzeug und einige Ackergeräte. Die Familien wohnten in ihren Bauernhäusern und gingen eigene Wege. Der menschliche Zusammenhalt war jedoch erhalten geblieben.

Eigentlich wollte mein Vater 1948 auch für uns ein neues Haus erbauen. Er hatte die dafür vorgesehene Fläche bereits abgesteckt.

Aber dann wurde nichts daraus. Von einem Tag auf den anderen hängte er seine organisatorische Tätigkeit in der Landwirtschaft an den Nagel. Die Entscheidung fiel, als eine Maschinen – Ausleihstation, MAS genannt, gegründet wurde. Als erfahrener Agronom war er willkommen und durfte von Beginn an eine leitende Funktion übernehmen. Im Kreis Bautzen und im ganzen Land Sachsen wurde nach großen, noch verwendbaren Geräten für die Landwirtschaft gesucht, um die Technik auf

Vordermann zu bringen. Vater entwickelte für die Gemeinden einen Plan zum Einsatz der Geräte auf den Feldern der Bauern.

Er pendelte mit seinem Motorrad zu Besprechungen zwischen Wurschen und Bautzen, dem Hauptsitz der MAS, hin und her.

Unsere Familie bewohnte währenddessen noch immer einige Räume des Schlosses. Auf dem Gutshof gab es zwar für ihn nichts mehr zu verwalten, dennoch blieben wir bis 1951 an diesem Ort.

Der Oberschweizer, Herr Brückner, hatte nach unserem Weggang Vaters Landwirtschaft übernommen.

Einige Zeit später fand man westlich von Bautzen, bei Gnaschwitz, einen günstigeren Standort für eine Landmaschinenstation.

Von einem alten Sprengstoffwerk waren etliche große Hallen erhalten geblieben. Dorthin wurde dann der Betrieb verlagert. Es entstand ein beachtliches Industriegelände.

Wir bekamen ganz in der Nähe eine Wohnung zugewiesen. Ich registrierte damals mit einiger Verwunderung die eigentümlichen Häuser aus Beton mit den seltsamen Dächern, in denen vor allem Leute, die im Betrieb eine Anstellung gefunden hatten, wohnten.

Schließlich wurde die MAS umbenannt und hieß hernach MTS, Maschinen-Traktoren-Station.

Leider konnte unser Vater das Trinken nicht lassen. Es kam zu Unzulänglichkeiten während der Arbeit, was schließlich zu einer Kündigung führte.

Eine neue Situation

Nach Vaters Ausscheiden aus dem Betrieb mussten wir erneut umziehen. Mitsamt unseren Hühnern landeten wir in dem kleinen Dorf Techritz, wo wir bei einem Bauern unterkamen.

Aber er konnte uns nur zwei Zimmer zur Verfügung stellen.

Inzwischen war ich groß und kräftig geworden und hatte mir allerlei handwerkliche Fähigkeiten angeeignet. Denn als Vater noch in der MTS gearbeitet hatte, war ich oft im Betrieb gewesen, hatte den Leuten auf die Finger geschaut und mir Vieles zeigen und erklären lassen.

Auch von meinem Opa konnte ich manchen Handgriff erlernen.

Vaters Kündigung zeigte schon bald negative Auswirkungen. Er schaffte es nicht, mit der neuen Situation umzugehen, nach einem Ausweg zu suchen. Stattdessen sprach er immer mehr dem Alkohol zu.

Großvater holte Ulla und mich für geraume Zeit nach Särka.

Wegen einer schweren Krankheit waren seine Tage leider schon gezählt.

Nach seinem Tod wurde er im Wohnzimmer aufgebahrt.

Es war ein trauriger Abschied. Jeder von uns hielt Totenwache: Großmutter, Ulla, ich, meine Mutter und auch mein Onkel Ernst, Großvaters jüngster Sohn.

Onkel Ernst war erst 1948 aus dem Krieg zurück gekommen, hatte sich eine Frau gesucht und fortan mit ihr im Elternhaus gelebt. Bis zu Opas Tod gab es jedoch kein friedvolles Miteinander. Zu gegensätzlich waren die Ansichten von Vater und Sohn. Außerdem hielt mein Opa Onkel Ernst schon immer für ein ‚Weichei'.

Die Großeltern entzweiten sich seinetwegen und lebten schließlich bis zu Großvaters Tod in getrennten Zimmern.

Unwissenheit

Im März 1953 wurde ich dreizehnjähriger Bengel in tiefster Seele erschüttert.

Ich hatte seit jeher für Stalin, den großen, russischen Helden, geschwärmt.

Das Buch über seine Flucht aus Sibirien hatte mich zutiefst bewegt.

Wegen einer Krankheit musste ich einige Zeit das Bett hüten und hatte so Gelegenheit, Radio zu hören. Es wurde gerade eine Direktübertragung aus der Sowjetunion gesendet. Sie lautete: Ein Herz hat aufgehört zu schlagen.

Als ich während dieser Sendung von Stalins Tod erfuhr, brach für mich eine Welt zusammen.

Ich kannte ihn nur als Übermenschen, wusste noch nichts von all seinen schrecklichen Verbrechen.

Der Bruch

Unser Schulbesuch litt unter dem häufigen Wechsel von Wohn- und Arbeitsstätten. Immer wieder erlebten wir Kinder eine neue Situation, mit der wir klar kommen mussten. Dieser Umstand hat meine Schwester und mich, aber auch unsere Mutter sehr belastet.

Es gab kaum eine Gelegenheit für uns, mit Gleichaltrigen eine Freundschaft aufzubauen.

Meistens waren unsere Schulwege sehr lang. Am wohlsten fühlte ich mich in einer kleinen Dorfschule in Gnaschwitz. An jene Zeit denke ich gerne zurück.

In diesem Örtchen fand mein Vater endlich eine Anstellung als Aufkäufer von Nutz- und Schlachtvieh.

Und wieder fuhr er auf seinem Dienstmotorrad zu den Bauern und in die Gemeindeämter.

Er erstellte Bedarfslisten, schloss Verträge ab und trieb Vieh zum Schlachten und für die Zucht auf. Dabei gelang es ihm in kurzer Zeit, sich einzuarbeiten.

Trotz dieser interessanten Tätigkeit war er ein unzufriedener Mensch. Oft machte ich mir Gedanken darüber, fand aber keine Erklärung für sein Verhalten.

Manchmal schlug er uns grundlos, nur aus reinem Frust. Auch Mutter tat er weh, kränkte und demütigte sie.

Ich hatte keine Achtung mehr vor ihm, wenn er betrunken war und auf mich einschlug. Immer häufiger geschah es, dass er die Kontrolle über sich verlor.

Aber Tränen sah er bei mir nie.

Ich konnte jedoch nicht verstehen, wie versöhnlich meine Mutter reagierte, ihn herzte und umarmte, egal, was vorher geschehen war.

Auf eigenen Füßen

Mit vierzehn Jahren war ich alt genug, eine Lehre zu beginnen. Ich wollte den Beruf eines Mechanikers erlernen, aber mein Vater traf die Entscheidungen.

„Ich bin Landwirt und du wirst auch einer", legte er fest.

Mein Traum war geplatzt.

Kaum hatten die Ferien begonnen, schickte er mich zu einem Bauern, den er gut kannte und der mich unter seine Fittiche nehmen wollte.

Auf diesem Hof sollte ich mir schon mal ein wenig Geld für die Ferien verdienen.

Im Herbst fing ich dann bei ihm als Lehrling an.

Obwohl die Schultage festgelegt waren, blieb ich dem Unterricht oft fern.

„Arbeit hat Vorrang", sagte der Bauer, wenn die Ernte eingebracht wurde.

Ich musste von Beginn an tüchtig zupacken, manchmal bis zum Abend. Meistens waren es weit mehr als acht Stunden am Tag.

Nach zwei Jahren konnte ich meine Lehre als Facharbeiter für Landwirtschaft beenden. Der Bauer hätte mich gern als Knecht auf seinem Hof behalten.

Er legte meinem Vater ans Herz, wenigstens den elterlichen Hof seiner Frau zu bewirtschaften, weil die alten Leute dazu nicht mehr in der Lage wären.

Meine Eltern zögerten anfangs, ließen sich aber schließlich darauf ein, da der Bauer versprochen hatte, dass der Hof ihnen dann eines Tages gehören würde.

Ulla wurde ebenfalls angehalten, in der Landwirtschaft zu lernen. Im ersten Lehrjahr blieb sie jedoch auf dem Hof der Eltern. Das war für sie eine schlimme Zeit. Vater, der selbst zwei linke Hände hatte, war unzufrieden mit allem, was sie anfasste, und drangsalierte sie häufig.

Er verstand es zwar, Aufträge zu verteilen, konnte organisieren, koordinieren und beschaffen. Aber er war kein Mensch mit praktischen Fähigkeiten.

Dies war auch der Grund, warum er ungeduldig auf meine Rückkehr gewartet hatte.

Als gelernter Landwirt und Sohn war ich eine willkommene, aber für ihn vor allem unentbehrliche Arbeitskraft.

So kam es, dass ich Ende August 1957, mit 17 Jahren, alle Arbeiten auf dem elterlichen Hof übernehmen musste.

Da ich dabei nichts verdiente, versuchte ich, hin und wieder heimlich etwas zu verkaufen. Manchmal ging ich nebenbei in den Steinbruch, wo stets junge, kräftige Männer gebraucht wurden. So gelang es mir, ein wenig Geld zu sparen.

Auf und davon

Eines Tages machten wir wieder einmal einen Besuch bei Oma und Onkel Ernst in Särka.

Vater war nicht mitgekommen.

Er empfing uns am Abend in der Küche und teilte uns mit, dass er dringend nach Dresden zu seiner Mutter fahren müsse, da es ihr nicht gut ginge.

Er hätte keine Bedenken, eine Woche lang wegzubleiben. Ich wäre ja nun da, und wir würden sicher gut ohne ihn zurechtkommen.

Diese Aussage machte mich stutzig. Was war in ihn gefahren?

Auch Mutter gefiel die Sache nicht.

Ich erinnerte mich an eine Situation im zurückliegenden Herbst zur Erntezeit, als er sich plötzlich vom Rübenfeld entfernt hatte und uns die schwere Arbeit allein machen ließ.

Er müsse auf der Gemeinde Wichtiges erledigen, hatte er erklärt.

Nun begann ich daran zu zweifeln, dass er wirklich dort gewesen war.

Damals kam er erst spät abends ziemlich betrunken nach Hause und hatte Mutter belästigt. Er ging auch mich an, wollte mich zur Raison bringen.

Ich war gerade dabei, meine Feldstiefel auszuziehen, als er mich anherrschte, gefälligst vor ihm stramm zu stehen.

Da hatte mich die blanke Wut gepackt.

„Du bist das Letzte", schrie ich und schlug ihm einen Stiefel in sein volltrunkenes Gesicht.

Augenblicklich war er erstarrt und brachte keinen Ton mehr heraus. Vor mir stand eine armselige Kreatur.

So hatte ich ihn noch nie erlebt.

Meine Mutter war wie vom Blitz getroffen. Auch Ulla hatte ihre Sprache verloren.

Ich war in mein Zimmer gerannt.

Von dieser Zeit an ging ich meinem Vater aus dem Weg, nachdem ich ihn am Tag darauf beschworen hatte, so etwas mit mir kein zweites Mal zu machen.

Als er uns dann die Geschichte mit seiner kranken Mutter in Dresden auftischte, schöpften wir sogleich Verdacht, dass irgendetwas nicht stimmte.

Aber er hatte sich inzwischen ohne weitere Erklärungen mit einem kleinen Koffer davon gemacht.

Voller Sorge warteten wir jeden Tag auf ein Zeichen von ihm. Eine Woche verstrich, eine zweite, nichts tat sich.

Schließlich hörten wir von Leuten im Dorf hinter vorgehaltener Hand, dass eine Frau, die Vater gut kannte, wahrscheinlich in den Westen geflüchtet war.

Wir stellten uns die bange Frage, ob er vielleicht mit dieser Frau gegangen war.

Von seiner Mutter in Dresden erfuhren wir, dass sie ihn schon seit langem nicht zu Gesicht bekommen hatte.

Es stellte sich zudem heraus, dass es meiner Oma gesundheitlich gut ging. Aber was war wirklich geschehen? Hatte mein Vater sich klamm heimlich aus dem

Staub gemacht?

Schon bald bestätigten sich unsere Befürchtungen.

Wir spielten, wie es schien, keine Rolle mehr für ihn.

Zu allem Unglück kamen wir nicht umhin, sein Verschwinden zu melden. Aber wir wollten vorher noch erkunden, was mit unserem Geld auf der Bank war.

Entsetzt mussten wir feststellten, dass er das Konto leer geräumt hatte. Wie konnte er seiner Familie nur sowas antun! Meine Mutter war verzweifelt, denn nun besaß sie keinen einzigen Pfennig mehr.

Wer sollte ihr in dieser misslichen Lage unter die Arme greifen, wenn nicht ich, ihr Sohn?

Seit dem Eklat mit dem Stiefel im Jahr zuvor, hatte ich durch die Arbeit im Steinbruch recht gut verdient. Aber es kostete mich einige Überwindung, das eisern Ersparte her zu geben.

Ich verfluchte ihn.

Dennoch hätte ich es niemals übers Herz gebracht, meine Mutter im Stich zu lassen. Nun war ich eine armselige Kirchenmaus.

Das Leben ging weiter, aber wir hatten kaum Hoffnung, jemals wieder etwas von Vater zu hören.

Eines Tages schrieb er uns aus der Ferne einen Brief und versuchte uns glauben zu machen, er hätte erst einmal allein verschwinden müssen. Er wolle jedoch alle Vorbereitungen treffen und uns dann später nachholen. Aber daraus wurde nichts. Wir sahen ihn sobald nicht wieder.

Das kann ich ihm bis heute nicht verzeihen.

Epilog

Die Geschichte entstand auf der Grundlage persönlicher Erinnerungen von Hans-Joachim Fiebig.
Alle Begebenheiten sind authentisch.
Sie erheben jedoch nicht den Anspruch auf Vollständigkeit.

Im Jahre 1959, wenige Monate nach der überraschenden Rückkehr seines Vaters, verließ der damals 19-jährige Hans-Joachim Fiebig sein Zuhause, um in Brandenburg seine beruflichen Ziele zu verwirklichen.
Seit vielen Jahren lebt er mit seiner Familie in der Nähe von Potsdam.

Die Nachkommen des Grafen zu Solms von Sonnewalde sind seit 1997 durch den Rückkauf von Schloss und Gutshof wieder Eigentümer des Rittergutes Wurschen.

Die Kirche von Kotitz, die bei Kriegsende abgebrannt war, ist neu errichtet worden.
Auf dem dazu gehörigen Friedhof haben alle Familienangehörigen von Hans-Joachim Fiebig, die einst in dieser Gegend lebten, ihre letzte Ruhestätte gefunden.

Zur Autorin

Heidi Anders-Donner wurde 1947 in einem kleinen Ort in der Altmark, nahe Salzwedel, geboren.

Schon als Vierjährige zog sie durchs Dorf und sang allen mit Hingabe etwas vor.

Sie ließ sich zur Lehrerin ausbilden. Aber die Musik war ihr Leben, und so war sie viele Jahre künstlerisch tätig, sang in einem Mädchenquartett, in einer Band und in einem Funk- und Fernseh-Chor.

Später tourte sie singend im Duett und als Solistin durchs Land, trat im Fernsehen auf und schrieb eigene Texte.

Nach 1993 wechselte sie von der Musik zur schreibenden Zunft. Sie absolvierte ein Fernstudium für Belletristik an der Hamburger Akademie und führte es weiter mit Kinder- und Jugendliteratur.

Seit 2012 lebt sie mit ihrer Familie in Dresden. Als Leiterin einer Schreibwerkstatt am Radeberger Gymnasium entwickelte sie aus den Ideen der Schüler ein Geschichtenbuch mit dem Titel „Schmökerwurmel und die Geschichtenkinder". Wenn sie gerade nicht schreibt oder in ihrem Gartenparadies Hand anlegt, führt sie Lesungen durch oder widmet sich den lesehungrigen Enkelkindern. Weitere Buchprojekte sind in Arbeit.

Karin Hanusch

Danksagung

Ich bin sehr dankbar für die kompetente Unterstützung durch Karin Hanusch.

Karin Hanusch, Jahrgang 1941, startete 1993 als Autorin im Memoirenzirkel der Urania in Potsdam, ist Mitautorin zahlreicher Anthologien, schrieb mit an der Chronik des Stephan-Hermlin-Ensembles der Pädagogischen Hochschule Potsdam und am Buch „DDR – Realität und Hoffnung".
2009 rief sie die Brücker Schreibwerkstatt ins Leben.
„Geschichten von Brück und anderswo", heißt das erste gemeinsame Buch der Schreibwerkstatt, das 2010 gedruckt wurde. Ein Folgeband ist in Arbeit.

Ich bedanke mich bei Eric Fiebig vor allem dafür, dass er mir viele Stunden seiner Freizeit geopfert hat.
Der Enkelsohn von Hans-Joachim Fiebig hat den Umschlag gestaltet und den technischen Aufbau des Buches bewerkstelligt.

Heidi Anders-Donner

Fotos

Hochzeitsfoto von Werner und Margarete Fiebig
24. Dezember 1939

Der Stamm der uralten Eiche, dem der Schmied
einen Eisenring verpasste

Hans-Joachim mit seinem Vater auf dem Tank des
Motorrads

Hans-Joachim an seinem Lieblingsplatz vor der
geheimnisvollen Säule

Familienfoto auf dem Hof des Rittergutes

Werner und Margarete Fiebig mit Ulla und Hans-Joachim auf einem sonntäglichen Spaziergang

Gemeinsame Sitzung von Ulla und Hans-Joachim
in ihrem Kinderzimmer

Die Geschwister mit dem beliebten Bollerwagen

Margarete Fiebig mit Fräulein Mucke

Werner Fiebig mit
seinen Kindern auf
der Bank

Die Großeltern aus Särka
Helene und August Richter

Onkel Ernst auf Fronturlaub

Die 3.Klasse der Grundschule in Wurschen mit ihrem Lehrer, Herrn Gerber Hans-Joachim Fiebig 1950 (vordere Reihe, 3.von links)

Das Ehepaar Fiebig um 1950

Geschwisterfoto
von 1950

Hans-Joachims Konfirmation, 1954

Die Kirche von Kotitz vor dem Brand am 21.April
1945

Handschriftliche Karte der Gräfin zu Solms an
Margarete Fiebig vom 27. März 1945

Liebe Frau Fiebig!

Es war furchtbar nett von Ihnen mir einen so lieben Gruß aus Wurschen zu senden und ich danke Ihnen herzlich dafür. Ich freue mich sehr über die schönen Primeln, die sehr gut erhalten ankamen. Gebe Gott, dass das liebe Wurschen vom Krieg verschont bleiben mag und wir dann bald wieder hin können. Wie sehnt man sich nach dem Ende dieses Krieges. Nochmals herzlichen Dank, dass Sie an mich dachten und viele Grüße und gute Wünsche für sie alle in der kommenden Zeit.

Ihre Gräfin zu Solms

Sonnewalde, 27. März '45

Das Schloss des Grafen zu Solms von Sonnewalde bei Barnim